roman rouge

Dominique et Compagnie

Sous la direction de
Yvon Brochu

Marie-Francine Hébert

Peccadille
Un vrai conte de fées

Illustrations
Caroline Hamel

**Catalogage avant publication de la
Bibliothèque nationale du Canada**

Hébert, Marie-Francine
Un vrai conte de fées (Peccadille)
(Roman rouge)
Pour enfants de 6 ans et plus

ISBN 2-89512-375-6
I. Hamel, Caroline. II. Titre. III.
Collection : Hébert, Marie-Francine,
1943-. Peccadille.

PS8565.E2V72 2004 jC843'.54 C2003-942170-8
PS9565.E2V72 2004

© Les éditions Héritage inc. 2004
Tous droits réservés
Dépôts légaux : 3e trimestre 2004
Bibliothèque nationale du Québec
Bibliothèque nationale du Canada
Bibliothèque nationale de France

ISBN 2-89512-375-6
Imprimé au Canada

10 9 8 7 6 5 4 3 2 1

Direction de la collection :
Yvon Brochu, R-D création enr.
Direction artistique et
graphisme : Primeau & Barey
Révision-correction :
Martine Latulippe

Dominique et compagnie
300, rue Arran
Saint-Lambert (Québec) J4R 1K5
Téléphone : (514) 875-0327
Télécopieur : (450) 672-5448
Courriel :
dominiqueetcie@editionsheritage.com
Site Internet :
www.dominiqueetcompagnie.com

Nous remercions le Conseil des Arts du
Canada de l'aide accordée à notre programme de publication. Nous reconnaissons l'aide financière du gouvernement du
Canada par l'entremise du Programme
d'aide au développement de l'industrie de
l'édition (PADIÉ) pour nos activités d'édition.

Nous reconnaissons l'aide financière du
gouvernement du Québec par l'entremise
du Programme de crédit d'impôt pour l'édition de livres – SODEC – et du Programme
d'aide aux entreprises du livre et de
l'édition spécialisée.

Chapitre 1

Comment lui plaire

J'ai tout pour être heureuse. Quatre parents qui m'adorent. Oui, oui, quatre.

Il y a d'abord mes vrais parents. Ils sont morts quand j'étais bébé, mais ça ne les empêche pas de veiller sur moi. Et mes parents adoptifs, oncle Charlot et tante Jeanne.

On peut dire qu'ils se mettent à quatre pour me faire plaisir. Et pourtant, je suis si malheureuse !

Tout ça à cause de mon nouveau voisin, Bédard. Il est extraordinaire, Bédard. Mais comment
lui plaire ? Je suis si ordinaire.

– Oh ! papa et maman, qu'est-ce
que je vais faire ?

Dès que je les appelle, mes vrais
parents accourent. Je les entends
dans mon cœur. Leur voix est
douce comme du velours.

– Bonjour, Peccadille ! Que se passe-t-il ?

– Je voudrais tellement être différente !

Ma mère tente de me rassurer :

– Nous t'aimons comme tu es, mon trésor.

– Oncle Charlot et tante Jeanne aussi. Ça se comprend, vous êtes mes parents. Mais j'ai peur que ce ne soit pas suffisant pour impressionner Bédard.

– À qui voudrais-tu ressembler, Peccadille ? À la fée des étoiles ? demande mon père, moqueur.

– Oh oui ! Si seulement je pouvais être aussi belle qu'elle ! Oncle Charlot et tante Jeanne ont offert de m'acheter une nouvelle salopette. Vous n'auriez pas quelque chose de mieux à proposer ?

–Euh… non, répondent mes parents.

–Je croyais que vous vouliez mon bonheur plus que tout au monde ?

–C'est vrai, Peccadille ! Mais on ne s'y connaît pas en matière de vêtements, précise mon père.

–Pour nous, l'apparence, ce n'est pas important, ajoute ma mère.

Ils peuvent accomplir des merveilles, mes vrais parents, mais pour l'habillement, je dois compter sur mes parents adoptifs.

– À plus tard, papa et maman ! Je m'en vais au magasin avec oncle Charlot et tante Jeanne.

Nous voilà au rayon des enfants. Mes parents adoptifs me proposent une salopette avec un

crapaud sur le devant. C'est alors que j'aperçois, juste à côté, sur un mannequin, une robe... une robe... Comment dire ? Les mots me manquent pour la décrire.

– Imagine comme tu serais belle... belle... belle..., murmure la robe.

Je sais bien qu'une robe ne parle pas, mais c'est comme si.

– Tu m'achètes ? Tu m'achètes ? répète la robe de sa voix envoûtante.

Des mètres de tissu, de la broderie, des dentelles ! Tout le contraire d'un vêtement pratique. Je me répète dans ma tête : « Ce n'est pas raisonnable, salopette ! »

– Essaye-moi juste pour le plaisir. Cela n'engage à rien, suggère la robe.

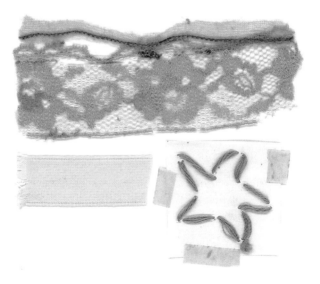

Elle a raison. Je me tourne vers tante Jeanne et oncle Charlot.

– Je vais essayer la robe, juste pour le plaisir. Cela n'engage à rien.

Je suis méconnaissable. La fée des étoiles en personne ! J'imagine la réaction de Bédard. Il est si beau, Bédard, je ne peux pas avoir l'air d'un crapaud à côté de lui.

—Oh ! tu l'achètes, tante Jeanne ? Tu l'achètes, oncle Charlot ? S'il vous plaît !

Ils commencent par refuser pour les raisons qu'on imagine. Alors je dis :

—Mes vrais parents ne me prive-raient pas d'une robe aussi merveil-leuse. Car ils veulent mon bonheur plus que tout au monde, eux.

Je les ai convaincus.

De retour à la maison, je m'enferme dans ma chambre. J'ai tellement hâte que mes vrais parents voient ma robe ! Je prends la pose. Un véritable mannequin dans une vitrine. Et je les appelle :

– Coucou, papa et maman ! Regardez ce que tante Jeanne et oncle Charlot m'ont acheté.

– Oh ! Ah ! font mes parents, admiratifs.

– Tu es aussi belle que la fée des étoiles, dit mon père.

– Vous croyez que Bédard sera impressionné ?

– L'apparence n'est pas tout, ma fille, répond ma mère.

– C'est mieux que rien, maman. Bon, vous allez m'excuser, j'ai rendez-vous avec Bédard à la mare aux canards.

Chapitre 2

Trop belle pour toi

Je sors dehors dans toute ma splendeur.

– Belle… belle…, entonne la robe.

Le soleil, les nuages et le vent dans le feuillage reprennent en chœur :

– Belle… belle…

Si bien que je n'entends pas arriver Mitoufle, le chien de la voisine.

– Attention ! s'exclame la robe.

Je suis fragile.

J'évite le chien de justesse. Un peu plus et il me rabattait ses grosses pattes sur les épaules.

– Pas de chatouilles ni de guili-guili aujourd'hui, Mitoufle. À cause de ma belle robe.

Je n'ai pas le temps de le consoler, car la robe s'écrie de nouveau :

– Attention à la poussière !

C'est Mireille, l'écureuil, qui cherche à m'entraîner dans un jeu de poursuite. Je ralentis le pas.

– Impossible de courir avec toi, Mireille. Je ne veux pas salir ma belle robe. Tu comprends ?

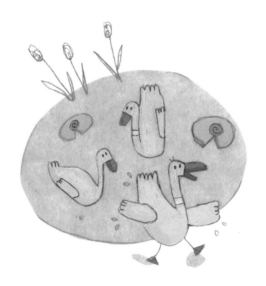

Un avertissement n'attend pas l'autre jusqu'à la mare. Dès qu'ils m'aperçoivent, les canards s'amènent, comme d'habitude.

– Attention ! crie la robe. Je ne suis pas imperméable.

Je m'arrête net.

– Désolée, les amis.

Aussitôt, ils s'éloignent.

En attendant Bédard, je songe à

m'asseoir sur une pierre. Impossible : je n'ai pas de chiffon pour l'épousseter.

Je ne bouge plus. C'est à peine si j'ose respirer. Et Bédard qui doit arriver… Il a toujours des jeux excitants à proposer ! Je ne pourrai pas rester plantée là comme une statue. Vite, une idée ! Mais la robe prend toute la place dans mon cerveau.

– Belle… belle…

– Au secours, papa et maman !

– Ça ne va pas, ma fée ? demande mon père.

– Justement, papa. Une robe de fée, ça sert à quoi, si elle nous empêche de tout faire ?

– Une robe de fée sans la baguette magique qui va avec, c'est bien encombrant, répond-il, moqueur.

– Ne lui mets pas d'idées folles dans la tête, lui reproche ma mère.

– Une baguette magique ? Voilà la solution ! Là où vous êtes, il doit y en avoir des tas.

Ma mère s'objecte :

– Ce n'est pas si simple, Peccadille.

– Oh ! papa... je t'en prie. Je ferais n'importe quoi pour avoir une baguette magique.

Accessoires

– C'est justement ça, le problème, ajoute ma mère.

– Mes parents adoptifs m'ont offert une robe de fée. Vous, mes vrais parents, vous ne pouvez pas me refuser la baguette qui va avec.

– Nous avons besoin d'y réfléchir, ta mère et moi.

–Faites vite. Car sans une baguette magique, je suis perdue.

Finalement, qu'est-ce que je vois briller dans l'eau, au bord de la mare ?

Une baguette.

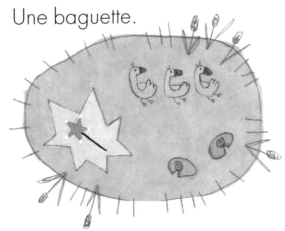

Chapitre 3

Le prix à payer

On dirait une baguette en or. Je me vois déjà : un coup de baguette par-ci, un coup de baguette par-là. Bédard sera doublement impressionné.

Mon père aurait pu me la remettre en main propre ! Il a de ces idées, parfois… Je n'aurai qu'à plonger le bras dans l'eau pour l'atteindre. Mais je devrai m'allonger par terre au bord de la mare.

— Il n'en est pas question !

s'exclame la robe.

Elle a raison. Je ne veux pas l'abî-
mer. Qui donc pourrait m'aider ?

– Roak ! Roak !

Ça ressemble à un vieux klaxon.
Rien à voir avec la voix de Bédard.
C'est un crapaud ! Je l'aperçois, au
bord de l'eau. Laid comme un crapaud, justement. Verruqueux et hu-
mide. Beurk ! Et il se dirige droit
vers moi. La robe s'affole, comme
de raison.

J'apostrophe le crapaud :

– Retourne d'où tu viens, sale bête !

Avec la première branche qui me tombe sous la main, je repousse le crapaud dans la mare. Bon débarras !

Revenons à la baguette. Comment en prendre possession ?

Les canards ! J'aurais dû y penser. Ils se feront un plaisir de la repêcher.

– You-hou, mes amis !

Je ne les vois nulle part. Peut-être font-ils la sieste derrière les nénuphars ?

J'ai trouvé ! Le chien, Mitoufle. Plonger dans la mare et rapporter un objet, il adore ça.

– Mitoufle ! Mitoufle ! Viens, mon chien !

D'habitude, il accourt. Là, pas le moindre jappement. Il doit bouder.

Je l'ai ! Mireille, l'écureuil ! Il lui suffira de grimper sur la branche qui s'avance au-dessus de l'eau pour cueillir la baguette. Mais oui !

– Mireille ! Mireille !

Pas le moindre bruissement de feuilles. Qu'est-ce qu'ils ont tous à faire la sourde oreille ?

– Roak ! Roak !

L'affreux crapaud ! Le voilà de nouveau posté au bord de la mare.

– Fiche le camp d'ici !

Il reste là, ses yeux mouillés fixés sur moi. C'est louche.

– Peux-tu me dire ce que tu veux ?

De la patte, il me fait signe d'attendre. Il plonge dans l'eau et en ressort, tenant la baguette entre ses mâchoires. Puis il s'avance vers moi, laissant une trace boueuse sur son passage.

– Au secours ! hurle la robe.

D'une voix ferme, je dis au crapaud :

– Pas un pas de plus ! Dépose la baguette par terre. J'irai la chercher.

Offensé, il grimpe sur la roche. Je me doutais bien qu'il n'était pas normal.

– Ne te fâche pas, crapaud. Je vais m'approcher.

La robe se cabre.

– Je te l'interdis ! Il n'y a rien de pire que des taches de crapaud.

– Tu as fini de me donner des ordres ! Il me faut cette baguette, coûte que coûte !

– Tous pareils, les enfants ! Vous n'en avez jamais assez, répond la robe.

– Sois belle et tais-toi, comme on dit ! Je suis assez grande pour savoir ce que je fais.

Si je pouvais, j'enlèverais la robe, vite fait. Mais je ne veux pas

courir le risque de me retrouver en petite culotte devant Bédard.

Je fais quelques pas vers la roche. La robe en tremble de toutes ses dentelles. J'étire le bras et je demande poliment au crapaud :

– Dépose la baguette dans ma main, s'il te plaît.

Il me fait signe d'approcher davantage.

– Encore ? Qu'est-ce que tu veux de plus ?

Il pose la bouche sur le dessus de sa patte en faisant un drôle de « smack ». À quoi riment ces simagrées ? La robe l'a deviné, elle.

– Misère ! gémit-elle.

Cette robe commence à peser lourd sur mes épaules. Car je viens de comprendre ce que l'ignoble animal veut en échange de la baguette. Et que veut-il ? Beurk et rebeurk !

Un baiser.

Chapitre 4

La magie opère

À l'idée de donner un baiser au crapaud, je manque m'évanouir.

– Maman !

– Tu m'as appelée, pitchounette ?

– Je n'arrive pas à mettre la main sur la baguette. Quand je pense à tout ce que je pourrais faire avec !

– Ne me dis pas que tu changerais ta robe en salopette ?

– J'ignore ce que vous avez mangé aujourd'hui, papa et toi ! Vous n'êtes pas drôles du tout.

C'est comme l'affreux crapaud.
Qu'est-ce qu'il vient faire dans
cette histoire ?

– Veux-tu vraiment le savoir, ma
fille ?

– Non, merci ! À l'avenir, je vais
me débrouiller seule.

– J'en suis certaine, Peccadille.
J'aimerais être aussi certaine
qu'elle !

Mon regard passe de la baguette étincelante au crapaud dégoulinant. Je suis incapable de renoncer à cette baguette ! Mais le cœur me lève à l'idée d'embrasser le crapaud qui l'a en sa possession.

Concentrer toute mon attention sur la baguette et fermer les yeux sur le crapaud. Voilà ce que je dois faire ! Ce ne sera qu'un mauvais moment à passer. Des heures

de magie pour impressionner mon nouvel ami valent bien quelques secondes de dégoût. Courage, Peccadille !

Je dis au crapaud :

—Juste un minuscule petit baiser, alors.

Aussitôt, il tend les lèvres. Je pince les miennes avec l'intention de lui donner le baiser le plus rapide du monde. Pour éviter de salir ma robe, je la tiens éloignée le plus possible en me pliant en deux. Et je ferme les yeux.

Beurk et rebeurk ! Au dernier moment, je repousse le crapaud du revers de la main. C'est trop cher payé.

– Garde-la, ta baguette ! Tant pis ! Il n'est pas né, le crapaud qui obtiendra un baiser de moi.

Quand j'ouvre les yeux, le crapaud a disparu. Comme par enchantement. Ce doit être un tour

de mes parents pour me faire la leçon. Mais distraits comme ils sont, ils ont oublié la baguette.

Au même moment, Bédard arrive.

– You-hou, Bédard ! C'est moi, Peccadille.

– Je ne t'avais pas reconnue. Tu t'es déguisée ?

– On peut dire. Et c'est bien encombrant.

L'air qu'il fait en apercevant la baguette magique !

– Extraordinaire ! Tu as retrouvé la baguette de ma sœur ! Elle va te regarder comme si tu étais la fée des étoiles ! C'est son jouet préféré. Où était-elle ?

– Dans l'eau…

– Ce n'est pas grave, elle est en caoutchouc.

– C'est une fausse baguette magique ? Je veux dire… une vraie baguette jouet ?

Il pouffe de rire.

– Très drôle. On va bien s'amuser tous les deux.

– Si cela ne te fait rien, Bédard, je vais aller me changer. Je serai plus à l'aise pour jouer.

Heureusement que tante Jeanne et oncle Charlot ont aussi acheté une salopette au cas où je voudrais rapporter la robe. Oui, oui, celle avec un crapaud sur le devant.

Dès que je remets le nez dehors, le chien Mitoufle et l'écureuil Mireille réapparaissent.

– Voulez-vous bien me dire où vous étiez passés, les amis ?

Je crois les entendre répondre : « Et toi ? »

Ils se font une joie de m'accompagner jusqu'à la mare. Ce sont les canards qui seront contents !

Et Bédard qui sera impressionné…

Dans la même collection

Achevé d'imprimer en août 2004
sur les presses de Imprimerie L'Empreinte inc.
à Ville Saint-Laurent (Québec)